Ingo Siegner

El pequeño dragón Coco
va de excursión

Ingo Siegner

El pequeño dragón Coco
va de excursión

Traducción de David Sánchez Vaqué

laGalera

Primera edición: enero de 2015

Título original alemán:
Der kleine Drache Kokosnuss Schulausflug ins Abenteuer

Diseño: Basic-Book-Sesign, Karl Müller-Bussdorf
Maquetación: Adriana Martínez

Edición: Marcelo E Mazzanti
Coordinación editorial: Anna Pérez i Mir
Dirección editorial: Iolanda Batallé Prats

Este libro ha sido negociado a través de Ute Körner Literary Agent, Barcelona
(www.uklitag.com)

Texto e ilustraciones de Ingo Siegner
© 2013, cbj, Munchen (división de Verlagsgruppe Random House GmbH,
Munchen, Alemanya. www.randomhouse.de)
© 2015, David Sánchez Vaqué, por la traducción
© 2015, La Galera, SAU Editorial, por la edición en lengua castellana

La Galera, SAU Editorial
Josep Pla, 95 - 08019 Barcelona
www.editorial-lagalera.com
www.lagaleraeditorial.com

Impreso en Egedsa
Roís de Corella, 16 - 08205 Sabadell

Depósito legal: B-24.316-2014
Impreso en la UE
ISBN: 978-84-246-5370-5

Índice

El profesor Coliflor

Ya casi está anocheciendo y Elsa, la madre de Coco, sale de la cueva para llamarlo:

—Coco, venga, prepara la bolsa, que mañana tienes que madrugar.

El pequeño dragón Coco está sentado en el suelo, malhumorado, escarbando la tierra distraídamente y mirando hacia la Bahía de los Dragones.

Mañana empieza en la escuela la semana de los proyectos, y a él le ha tocado participar en el supermegaaburridísimo proyecto «Una excursión al apasionante mundo de las plantas con el profesor Coliflor». Sí, el profesor Coliflor es muy buena persona, pero a Coco la botánica no le interesa ni pizca.

—¡Coco! —le grita Elsa— ¡Venga, estás embobado! Ve a por el saco de dormir y la manta térmica, anda. Y rápido, que la cena estará lista enseguida.

—Ya va —refunfuña Coco, y entra en la cueva arrastrando los pies.

Manuel, su padre, que está calentando la sopa, le pregunta:

—¿Y adónde vais mañana, exactamente?

—A las Setas Gigantes —responde Coco—. Y vamos andando porque el profesor Coliflor no puede volar.

—No es culpa suya —dice Elsa mientras pone la mesa—. Ya sabes que los dragones de cuernos no tienen alas.

—Cuando lleguéis al Valle de las Setas Gigantes —dice Manuel—, tenéis que ir con cuidado con los troles.

De repente Coco abre los ojos de par en par.

—¿¡Los troles!?

—Sí, hay muchos —dice Manuel—. Son enormes y a su paso arrasan con todo.

Coco mira primero a Manuel y luego a Elsa. Su madre niega con la cabeza y dice:

—Los troles solo existen en los cuentos.

—Ya, ya —responde Manuel—. ¿Y entonces

por qué hay setas gigantes en el Valle de las Setas Gigantes? Pues precisamente para que los troles tengan algo que comer.

—Vale, pues ahora somos nosotros los que tenemos que comer —dice Elsa—. ¡Y luego, a planchar la oreja!

A la mañana siguiente, el profesor Coliflor está esperando a los niños a la puerta de la escuela. Coco se alegra de ver que los demás niños del grupo son sus amigos: la puercoespín Matilde, el pequeño dragón devorador Óscar y los dragones de fuego Bárbara y Pancho.

El profesor Coliflor se coloca bien las gafas. No es tarea fácil, porque en la nariz tiene dos

cuernos, y aunque no son muy grandes, el
espacio que queda para poner las gafas es
reducido. El propio profesor Coliflor también es
bastante pequeño. A los niños apenas les saca un
par de cabezas.

El profesor se aclara la garganta y dice:

—Buenos días, queridos niños.

Los niños responden a coro:

—Buenos días, profesor Coliflor.

—Sí… bien —dice el profesor Coliflor—.
¿Dónde nos habíamos quedado?

—En «buenos días» —dice Matilde.

—¡Eso es! Bueno, pues como ya
sabéis, nuestro proyecto escolar nos va a
llevar al Valle de las Setas Gigantes.

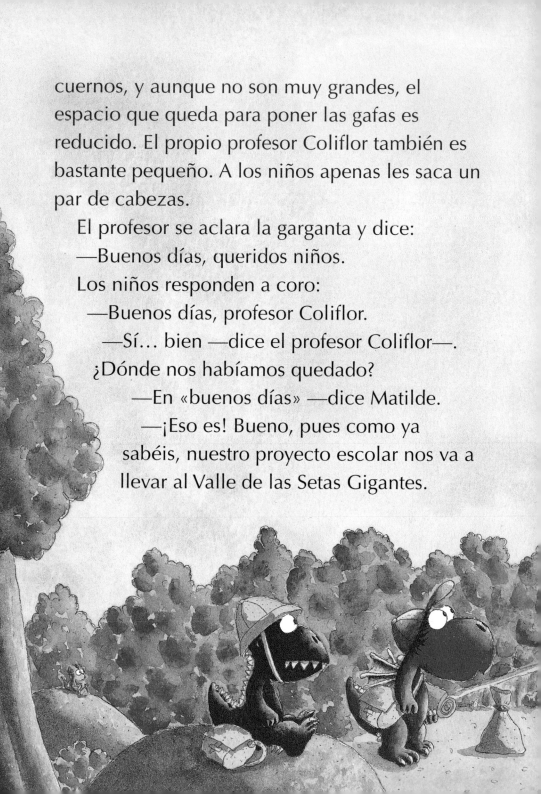

Allí encontraremos esta flor que os he dibujado aquí.

El profesor muestra a los niños una pequeña pizarra y sigue explicando:

—Aquí podéis ver que la flor tiene la forma de un patito. Por eso se llama la flor del pato o también *Floris patosa*.

Bárbara levanta la mano:

—¿Y qué tiene de especial la flor del

pato? ¿Es que va bien para el dolor de barriga?

—No —responde el profesor Coliflor.

—¿Es peligrosa? —pregunta Óscar.

—No, qué va. Lo que tiene de especial la flor del pato es… ¡que está extinguida!

El profesor mira a los alumnos emocionado, esperando su reacción, pero los niños simplemente lo miran sin saber qué decir.

Finalmente Matilde levanta la mano:

—¿Por qué se extinguió la flor del pato?

—Veréis… Hace mucho tiempo la Isla del Dragón estaba llena de flores del pato. Eran muy apreciadas como alimento, hasta que un día un buey se comió la última. Mejor dicho, ¡la penúltima!

A Coco le cuesta mantener los ojos abiertos, y a su lado Pancho va dando cabezadas.

Bárbara levanta la mano:

—Si el buey se comió la penúltima, ¿dónde está la última?

El profesor señala a Bárbara, le guiña un ojo y dice:

—¡Esa es la cuestión! Hace poco fue vista una flor del pato en el Valle de las Setas Gigantes. Nos vamos allí de excursión para encontrarla.

—Pero profesor Coliflor —dice Matilde—, eso está muy lejos.

—Si uno quiere ser biólogo, a veces tiene que recorrer largas distancias.

Óscar susurra:

—¿Y si uno no quiere ser biólogo?

—¿Cómo dices? —pregunta el profesor.

—No, nada —responde Óscar—. Me preguntaba qué vamos a hacer cuando encontremos la flor del pato.

El profesor levanta solemnemente un libro muy gordo y dice:

—Lo escribiremos en el *Gran libro de la Isla del Dragón*. Aquí están recogidos todos los seres vivos de la isla.

Coco se despierta de repente al oír aquello y pregunta:

—¿Ahí también se habla de los troles?

—¿Troles? —pregunta el profesor Coliflor—. ¿Qué troles? No, claro. ¿De dónde has sacado eso?

—Me han dicho que en el Valle de las Setas Gigantes hay troles.

El profesor sonríe y dice:

—Los troles solo existen en los cuentos.

Los niños respiran aliviados. Por lo que han oído, los troles son salvajes y peligrosos. Pero a Coco le hubiese gustado ver uno.

—¡Venga, en marcha! —dice el profesor Coliflor— Tenemos que llegar al Bosque del Acantilado antes de que oscurezca.

«Anda, el Bosque del Acantilado», piensa Coco. El pequeño dragón nota la mirada de Matilde. Seguro que ella está pensando lo mismo. El Bosque del Acantilado está encantado. Los dos lo saben por propia experiencia, y por eso no les parece buena idea pasar allí la noche.[1]

---

[1] Ver *El pequeño dragón Coco y el castillo encantado.*

Fantasmas en el Bosque del Acantilado

Los niños, con el profesor Coliflor a la cabeza, caminan durante toda la tarde, siempre hacia el oeste. Ya anochece cuando llegan al Bosque del Acantilado. En plena oscuridad los árboles parecen poderosos gigantes y el viento aúlla entre las ramas. Los niños están temblando. Tienen la sensación de que les están observando.

«Quizás son fantasmas, o incluso troles», piensa Coco con inquietud.

El profesor Coliflor se para junto a un árbol grande y dice:

—Coco, Matilde y Pancho, id a por leña. Los demás montaréis la tienda conmigo.

Cenan alrededor de la hoguera y, al terminar, el profesor Coliflor sirve a los niños un postre que a él le gusta mucho: pastel de gelatina de frutos rojos con salsa de vainilla.

Matilde susurra a Coco:

—¿Crees que deberíamos contar al profesor Coliflor lo de Clemencia?[2]

—Mejor cuéntaselo tú —responde Coco.

—¿Por qué yo?

—Porque yo ya le he preguntado lo de los troles.

—Pero lo de los troles era una tontería. Todo el mundo sabe que los troles no existen.

—Sí, claro, y los fantasmas tampoco.

[2] Clemencia es un fantasma que Coco y Matilde conocieron en *El pequeño dragón Coco y el castillo encantado*.

—Coco, Matilde
—dice el profesor
Coliflor—. ¿Qué estáis
cuchicheando?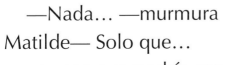

—Nada… —murmura
Matilde— Solo que…
pensamos que podría ser que… a lo mejor…

—El Bosque del Acantilado está encantado
—dice Coco.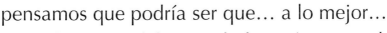

Todos miran a Coco con asombro y luego
miran a su alrededor: el bosque está totalmente
a oscuras. Casi sin querer, se arriman los unos a
los otros, muertos de miedo.

El profesor Coliflor sonríe:

—Creía que estabais hablando en serio.

—¡Estamos hablando en serio! —protesta
Coco—. Por aquí hay fantasmas, y pueden
arrancarse la cabeza y lanzarla por los aires.

—Es verdad, lo hemos visto con nuestros
propios ojos —confirma Matilde.

Óscar, Bárbara y Pancho escuchan con la
boca abierta.

—Vamos, hombre —dice el profesor Coliflor—. Todo el mundo sabe que los fantasmas no existen. Y ahora, todos a la tienda. Mañana hay que madrugar.

—Pero, profesor Coliflor —dice Pancho—, Coco y Matilde aseguran que los han visto.

El profesor se queda pensativo unos segundos.

—Está bien. Yo me quedaré fuera de la tienda montando guardia.

Los niños se calman. Si el profesor Coliflor se queda vigilando, seguro que no pasará nada. Entran en la tienda y se meten en sus sacos de dormir. Pero no es tan fácil dormirse. Todo el rato se oyen crujidos, aleteos, silbidos, pasos… Y es que en el bosque hay muchos animales que salen de noche.

—¡Por todos los dragones! —murmura Pancho—. Aquí no hay quien duerma con todo este alboroto.

—Mirad a Óscar —dice Bárbara—. Se ha quedado dormido como un tronco.

—Claro, si es que todos estos ruidos son

normales —dice Matilde cogiendo su libro—.
Muchos animales del bosque de noche es cuando
están realmente despiertos; por ejemplo, los
tejones, los búhos y las lechuzas. Lo pone aquí.

—¿Pone algo de los fantasmas? —pregunta
Coco.

Matilde hojea el libro hacia delante y hacia
atrás.

—No, nada. También te digo que me hubiese
extrañado.

De repente se oyen a lo lejos unas
campanadas. Una, dos, tres…

Matilde cuenta mentalmente y murmura:

—Doce campanadas. Es la hora de los
fantasmas.

En la tienda se hace un silencio aterrador. Y de pronto se oye un ruido, muy cerca: ¡ronquidos!

—Vaya —dice Bárbara—. Pues menuda guardia.

Coco se asoma fuera de la tienda. El profesor Coliflor está apoyado en un árbol y duerme como un lirón. El pequeño dragón vuelve a meterse en el saco de dormir y dice:

—Vamos a dormir. Necesitamos recuperar fuerzas para mañana.

—¿Dormir? —exclama Pancho—. ¿Cómo vamos a dormir con todo este panorama? Fuera hay un ruido de mil demonios y el profesor Coliflor hace la guardia durmiendo. Y encima es la hora de los fantasmas.

En ese momento se oye un escalofriante:

—¡Buuuuuuuuuuuuuu!

Los niños se echan a temblar. Bueno, todos menos Óscar, que sigue durmiendo plácidamente.

—¿Esa era Cle-Clemencia? —susurra Matilde.

Entonces se oye un golpe fuera de la tienda.

Con mucho cuidado Coco se asoma por la puerta y ve una cabeza transparente en el suelo.

—¡Es Gerardo! —dice Coco—. Pero solo su cabeza.[3]

—Buuuuuuuu —vuelve a aullar Gerardo.

—No grites tanto —dice Coco—, que vas a despertar al profesor.

Gerardo se calla y se queda mirando extrañado al pequeño dragón.

—¿No te doy miedo?

—Pues no. Yo a ti ya te conozco, y el truco de la cabeza ya me lo hiciste una vez.

—¡Anda! —dice Gerardo—. ¡Si eres Colo!

—No —dice Coco.

—Hum, Foco.

—No.

—Un momento, lo tengo en la punta de la lengua… ¿Lolo?

—No, me llamo Coco.

—¡Eso es, Coco! ¿Qué haces aquí, viejo

[3] Coco y Matilde conocieron al fantasma Gerardo en el libro *El pequeño dragón Coco y el Gran Mago*.

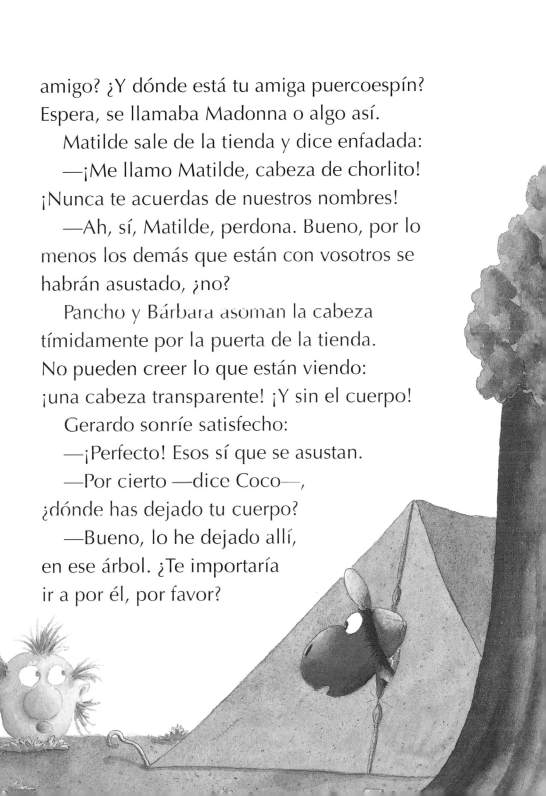

amigo? ¿Y dónde está tu amiga puercoespín? Espera, se llamaba Madonna o algo así.

Matilde sale de la tienda y dice enfadada:

—¡Me llamo Matilde, cabeza de chorlito! ¡Nunca te acuerdas de nuestros nombres!

—Ah, sí, Matilde, perdona. Bueno, por lo menos los demás que están con vosotros se habrán asustado, ¿no?

Pancho y Bárbara asoman la cabeza tímidamente por la puerta de la tienda. No pueden creer lo que están viendo: ¡una cabeza transparente! ¡Y sin el cuerpo!

Gerardo sonríe satisfecho:

—¡Perfecto! Esos sí que se asustan.

—Por cierto —dice Coco—, ¿dónde has dejado tu cuerpo?

—Bueno, lo he dejado allí, en ese árbol. ¿Te importaría ir a por él, por favor?

El cuerpo de Gerardo está sentado en una rama y se agarra fuertemente al tronco. Coco vuela hacia él, lo coge de la mano y lo deja en el suelo con cuidado.

—¡Muchas gracias! —dice Gerardo colocándose la cabeza en el cuerpo.

Bárbara y Pancho no salen de su asombro.

—¿Qué pasa? —les pregunta Gerardo—. ¿Nunca habíais visto a un fantasma?

Entonces se oye el ruido de la cremallera de la tienda y aparece Óscar medio dormido.

—¡Socorro! —grita Gerardo—. ¡Un dravón degorador!... ¡Un gadrón vordeador!... ¡Un dragón devorador!

—Anda, mira —dice Óscar bostezando—. Un fantasma, pues vaya cosa.

—Gerardo, no tengas miedo —dice Coco—. Óscar no come fantasmas.

De repente sopla un viento helado. Como saliendo de la nada, aparece una figura transparente, más bien flaca y con el pelo largo y lacio. Se cruza de brazos y pregunta:

—Vamos a ver, ¿qué está pasando aquí?

Los niños no se atreven ni a pestañear.

—¡Clemencia! —grita Gerardo alegremente—.
¿Te acuerdas de Coco y Matilde? Han traído a
unos amigos, incluso a un dragón devorador.
Pero no tengas miedo, no come fantasmas.

—Yo no tengo miedo —responde Clemencia
secamente—. Y además los fantasmas no son
comestibles.

Clemencia no parece estar de muy buen
humor. Los demás aguantan la respiración.

Solo una cosa rompe el silencio… los ronquidos del profesor Coliflor.

Clemencia mira furiosa al profesor y dice:

—¿Y este quién es?

—E-este es nu-nuestro profesor, el profesor Coliflor —dice Coco—. Está montando guardia.

—Ya lo veo —dice Clemencia.

—He intentado despertarle con mis gritos
—dice Gerardo—. Pero no hay manera.

—De todos modos, él no cree en fantasmas
—interviene Óscar.

—Podríamos lanzarle un hechizo —dice
Clemencia con voz ronca—: ¡que le
desaparezcan los cuernos de la nariz!

—Yo de ti no lo haría —dice Coco—. El profesor Coliflor no es tan inofensivo como parece. Una vez le vi convertir a un dragón devorador en pastel de gelatina de frutos rojos.

Clemencia y Gerardo se vuelven asustados hacia el profesor. Matilde, Bárbara y Pancho miran a Coco con incredulidad. Óscar añade:

—Y entonces le echó salsa de vainilla por encima y se lo comió.

Gerardo se pone pálido.

—¿Y de dónde sacó la salsa de vainilla? —pregunta desconfiada Clemencia.

—La lleva siempre encima —responde Coco cogiendo el tarro de salsa de vainilla que había sobrado de la cena—. ¿Lo veis? En la etiqueta pone «profesor Bronco Coliflor».

Clemencia huele el tarro y dice:

—Es verdad. Es salsa de vainilla.

—Ay, mi madre —murmura Gerardo.

Clemencia mira dudando al profesor Coliflor. No acaba de creerse toda esta historia, pero tampoco le gustaría acabar convertida en pastel de gelatina de frutos rojos. Nadie se asusta al ver un pastel de gelatina de frutos rojos.

—Está bien —dice por fin—. Nos largamos.

Entonces a Coco se le ocurre algo.

—Antes de que os vayáis, ¿os importaría darnos vuestros datos? Son para introducirlos en el Gran libro de la Isla del Dragón. Ahí están recogidos todos los seres vivos de la isla.

—¿Cómo? —pregunta Clemencia.

Matilde les enseña el libro y les explica:

—Necesitamos el nombre, la fecha de nacimiento, la dirección y todo eso.

—¡Genial! —dice Gerardo—. Mi nombre es Gerardo Fantasmón y…

—¡Un momento! —grita Clemencia—. Nosotros no tenemos que estar en ese libro. Los fantasmas no somos seres vivos. Y además, vete a saber lo que haríais con nuestros datos.

Con estas palabras se da media vuelta y regresa al bosque.

—Bueno —balbucea Gerardo—. Puede que Clemencia tenga razón. Nada, me voy, os deseo unas buenas y desfantasmadas noches.

Cuando Gerardo también desaparece en el bosque, los niños respiran aliviados. Ahora se ha quedado todo en silencio y solo se oyen los ronquidos del profesor Coliflor.

—¿Creéis que deberíamos contar al profesor lo de Gerardo y Clemencia? —pregunta Matilde.

—No se lo va a creer —responde Pancho.

—Si los adultos supiesen todo lo que corre por ahí… —dice Bárbara.

Los niños vuelven a la tienda y se quedan despiertos un rato. Bueno, todos menos Óscar, que enseguida se duerme otra vez.

El barranco

¡Venga, arriba dormilones! ¡El desayuno está listo! —grita el profesor Coliflor—. Hay que ver, yo he estado toda la noche de guardia y soy el primero en levantarme.

Mientras toman su leche con cacao y cereales, los niños le cuentan al profesor lo de los fantasmas. El profesor Coliflor dice, moviendo la cabeza:

—Eso lo habéis soñado, niños. Mirad, si los fantasmas existiesen, hace tiempo que los hubiesen descubierto. Pero nunca nadie ha encontrado la más mínima huella de un fantasma.

—Claro, es que los fantasmas flotan —dice Coco— y no dejan huellas.

El profesor Coliflor suspira y coge otro trozo de pastel de gelatina de frutos rojos con vainilla.

—¡Dejaos ya de fantasmas! ¿Alguien quiere un poco más de pastel?

Los niños contemplan cómo el profesor saborea su pastel de gelatina.

—Profesor Coliflor —dice Pancho—, ¿este pastel de gelatina ha sido siempre pastel de gelatina?

—¿Qué quieres decir? —pregunta el profesor.

—¿Podría ser que antes hubiera sido, por ejemplo, un dragón devorador y que alguien lo hubiera convertido en pastel de gelatina?

El profesor Coliflor contempla el trozo de pastel que tiene en su cuchara y contesta:

—El pastel de gelatina de frutos rojos está hecho de moras rojas. Y las moras rojas son moras rojas.

—Y los dragones devoradores son dragones devoradores —dice Óscar. Se sirve un trozo de pastel con salsa de vainilla, sonríe y sigue—: Y con este me he comido ya seis dragones devoradores.

Cuando han terminado de cargar el carrito con la tienda, los sacos de dormir y las provisiones, el profesor y los niños se ponen en marcha, siempre hacia el oeste. Caminan durante toda la mañana, cruzan el Bosque del

Acantilado, después pasan por prados y valles hasta llegar a un profundo barranco.

Para cruzarlo hay un puente colgante, pero las maderas están podridas y las cuerdas que las sujetan, medio deshilachadas. También las cuerdas que sirven de barandilla están estropeadas.

Coco se inclina para mirar el precipicio y murmura:

—¡Ahí va, qué profundo!

Al otro lado del puente un camino muy estrecho baja serpenteando hasta el fondo del barranco.

—A ver —dice el profesor Coliflor—. Tenemos que cruzar el puente y luego bajar por ese camino. ¿Quién quiere ser el primero?

Pancho abre los ojos de par en par.

No pienso cruzar ese puente. Yo puedo volar.

—Yo también —dice Bárbara.

—Yo también —dice Coco.

—Yo puedo montar a lomos de Coco —dice Matilde.

—Y a mí —dice Óscar— me pueden llevar Pancho y Bárbara cogiéndome de las manos.

El profesor Coliflor se aclara la garganta.

—Ejem, bien, de acuerdo. Entonces iré solo por el puente.

—¿Y el carrito? —pregunta Bárbara.

El profesor Coliflor se queda pensando. ¿Cómo va a llevar el carrito por ese puente colgante tan destartalado?

—Cuando hayamos dejado a Matilde y Óscar, subimos a buscarlo —dice Coco.

El profesor respira aliviado:

—¡Buena idea!

Y mientras los niños se encargan del transporte aéreo, el profesor Coliflor pone el pie con mucho cuidado en el primer tablón. Al hacerlo, el puente empieza a balancearse, y el profesor se agarra con fuerza a las cuerdas.

Él mismo se susurra
palabras de ánimo:

—Tranquilo,
Bronco. Venga,
que tú puedes.
Sobre todo no
mires abajo.

El profesor tiene
que pararse a cada paso porque las
ráfagas de viento le hacen perder el equilibrio.
Pero sigue avanzando, y cuando llega a la mitad
del puente… ¡Horror, faltan dos tablones!

En ese momento Coco llega volando.

—Profesor Coliflor, ya hemos terminado.
¿Cómo va todo?

—Ejem, po-podría ir mejor, la ve-verdad.
Aquí fa-faltan dos ta-tablones.

—¡No se mueva! —dice Bárbara—. Vuelvo
enseguida.

Al cabo de unos minutos aparecen Coco,
Bárbara y Pancho con unas cuerdas. Los tres
cabos están atados formando un lazo.

—Átese la cuerda, que nosotros le bajamos —dice Bárbara.

—¿Pe-pero no será mucho peso para vosotros?

—Tranquilo —dice Coco—. Todo saldrá bien.

El profesor no lo ve muy claro, pero se pone el lazo alrededor del cuerpo. Los tres niños tiran de las cuerdas con fuerza hasta que están bien tensadas.

—Ahora hay que abandonar el puente, profesor —grita Bárbara.

El profesor Coliflor aguanta la respiración y suelta las cuerdas de la baranda del puente. Al hacerlo pierde el equilibrio y cae al vacío.

—¡Socorro!

El profesor pesa tanto que empieza a caer en picado. Los niños intentan frenar la caída sujetando las cuerdas y aleteando con fuerza.

—¡Demasiado rápido! —exclama Bárbara, desesperada.

A Coco se le ocurre una idea:

—Profesor Coliflor, ¿usted sabe nadar?

—¿Por qué me preguntas eso ahora? —grita

el profesor—. ¡Estoy a punto de estrellarme contra el suelo y de romperme todos los huesos!

—Se lo pregunto porque ahí abajo hay un pequeño estanque.

—¿Qué? ¿Un estanque? ¡Síí, sí que sé nadar!

Han bajado tanto que las puntas de los abetos le hacen cosquillas en la barriga, pero en ese momento los niños consiguen alzarlo y llevarlo hasta el estanque, donde lo sueltan de golpe. El profesor cae al agua como si se hubiera tirado en bomba. Cuando saca la cabeza del agua, se atraganta, tose, ríe, y al final grita:

—¡Bravo, chicos!

El estanque está rodeado por abetos muy altos. A los dos lados del estrecho barranco se levantan altísimas paredes de roca. Tan altas que desde abajo el puente parece hecho de palillos. El barranco se va abriendo hacia el oeste hasta desembocar en un ancho valle: el Valle de las Setas Gigantes.

—No es muy tarde, niños —dice el profesor Coliflor—, y el Valle de las Setas Gigantes está

muy cerca. Si andamos un poquito podremos montar el campamento allí.

Siguen el camino que bordea el río en dirección al valle. Al cabo de un rato ven la primera seta gigante. Algunas apenas tienen el tamaño de una cría de dragón, pero otras son tan altas como un dragón devorador adulto. De vez en cuando encuentran setas sin sombrero: están bien arraigadas al suelo y tienen el pie torcido, como si les hubiesen arrancado el sombrero de un golpe.

—Seguro que eso lo ha hecho un trol —murmura Coco.

—¡No me digas! —dice Pancho, también en voz baja.

—Profesor Coliflor —pregunta Bárbara—, ¿por qué a algunas setas les falta el sombrero?

—Debe de ser por las tormentas, que a veces causan destrozos en el bosque —responde el profesor—. Pero dejad las setas y mantened los ojos bien abiertos, a ver si encontráis la flor del pato.

El profesor Coliflor sigue andando. Pero los niños miran disimuladamente a su alrededor por si detrás de una seta se esconde algún trol.

—Por las tormentas, dice —murmura Matilde—. ¡Qué va!

En un claro del bosque, junto a dos enormes champiñones, los niños montan la tienda. Después de cenar se meten en sus sacos, cansados del viaje, y se duermen escuchando los acompasados ronquidos del profesor Coliflor.

A la mañana siguiente, después del desayuno, el profesor Coliflor reparte un par de silbatos entre los niños.

—Coco, Matilde y Óscar, vosotros iréis hacia el norte. Los demás iremos hacia el sur. El que encuentre la flor del pato, ¡que coja el silbato y pite tan fuerte como pueda!

La flor del pato y el trol

Hace horas que Coco, Matilde y Óscar buscan entre las setas gigantes, pero no hay ni rastro de la flor del pato.

—Tengo hambre —dice Óscar quejicoso.

El pequeño dragón devorador busca una sombra para sentarse y la encuentra debajo de una seta gigante. Se saca un bocadillo de queso de la bolsa y le hinca el diente.

Coco y Matilde se sientan a su lado. Hace mucho calor y están cansados.

—¡Qué bocata más bueno! —dice Óscar.

—¿Cómo es que llevas siempre tanta comida encima? —pregunta Matilde.

—Porque estoy en pleno crecimiento y necesito alimentarme.

—Pues yo estoy en pleno agotamiento —murmura Coco tumbándose sobre el musgo.

—Yo también —dice Matilde, y se tumba a su lado.

Óscar está saboreando su bocadillo de queso cuando, de repente, a unos pasos de distancia, ve unas pequeñas plantas de color verde. Parece que tienen forma de pato. Óscar se levanta y observa las plantas de cerca.

¡Bingo! ¡Son flores del pato!

El corazón de Óscar late a toda pastilla. ¡Ha encontrado la flor del pato, y no una sino tres! Se agacha para olerlas. «¡Qué bien huelen! Seguro que darían un toque especial a mi bocadillo.»

El pequeño dragón devorador ve que Coco y

Matilde están durmiendo. «Debería despertarlos, pero primero me acabaré el bocadillo. Es de mala educación hablar con la boca llena.»

Y como el bocadillo pasa mejor con un poco de ensalada, arranca dos flores del pato, las pone encima del queso y se lo come entero en un par de bocados.

—Óscar —pregunta Matilde—, ¿qué haces?

Óscar se vuelve sobresaltado y responde:

—¿Sabéis qué? He encontrado una flor del pato.

Coco y Matilde se levantan de un salto y corren hacia él.

—¡Es verdad! —grita Coco— ¡Es una flor del pato!

Pero Matilde se da cuenta de que hay dos tallos cortados y pregunta con desconfianza:

—¿Y no había más que una?

—Bueno, en realidad… —dice Óscar— sí, había más. He querido comprobar que efectivamente eran flores del pato y me he comido dos. Sintiéndolo en el alma, claro.

—¿Y? —pregunta Coco.

—Pues sí, eran flores del pato.

—¡Óscar, eres un tragaldabas! —grita Matilde indignada—. Seguramente son las últimas flores de su especie y tú te las comes como si fueran sugus.

—Pe-pero he dejado una —se defiende Óscar.

Coco coge el silbato y, antes de pitar, dice:

—El profesor Coliflor se va a poner muy contento.

Óscar murmura tímidamente:

—Mmm, por favor, no le digáis a nadie que me he comido dos flores.

Matilde suspira y responde:

—Sí, no te preocupes, quedará entre nosotros. ¡Glotón, más que glotón!

Al cabo de un momento se oyen unos pasos tan pesados que hacen temblar el suelo. Los tres amigos ven que se les acerca una sombra enorme.

—Esto… estos no son nuestros compañeros…
—dice Matilde.

Rápidamente corren a esconderse detrás del tronco de una seta. Desde allí se quedan horrorizados al ver la figura de un gigante que va hacia ellos con una mirada furiosa.

Tiene las piernas cortas y gruesas, los brazos muy musculosos y lleva unos pantalones medio rotos. Sus manazas sostienen una porra muy grande.

—Un trol —murmura Coco.

El trol llega ante el escondite de los niños y de un porrazo parte la seta en dos. Coco, Matilde y Óscar quedan al descubierto.

—A ver —dice el trol con voz de trueno—, ¿quién ha pitado?

Los tres le miran atemorizados, las piernas les tiemblan como seis flanes. Coco se llena de valor y tartamudea:

—Ho… ho sido ye… quiero decir… he sodi yo… he sido yo. He pitado porque…

—¡Me da igual por qué hayas pitado! —le

reprende el trol—. En este valle no se pita, ¿entendido?

—Pe-pero yo solo quería avisar a los demás.

—Po-por lo de la flor del pato —interviene Matilde.

—¿La flor del pato? —pregunta el trol.

—Sí, ejem — dice Óscar señalando el pie del trol— . Esa que está usted pisando.

El trol, sin moverse un centímetro, grita:

—¡Yo piso donde me da la gana!

Entonces llegan el profesor Coliflor, Bárbara y Pancho, que se llevan un susto al ver al trol.

—¿Qui-quién ha pitado? —pregunta el profesor.

—Eso ya lo he preguntado yo —gruñe el trol.

—Óscar ha encontrado la flor del pato —dice Coco.

—¿Cómo? —grita el profesor Coliflor—. ¿Dónde?

—Ejem, hace un momento estaba aquí —dice Óscar—. Supongo que sigue estando… pero debajo del pie de este señor. Del derecho.

El profesor mira primero a Óscar y después al trol.

—Mi pie derecho no es asunto vuestro —dice el trol.

El profesor Coliflor pone los brazos en jarras y dice:

—Puede que su pie derecho no sea asunto nuestro, pero si es cierto que debajo de él hay una flor del pato, entonces es un asunto de máxima importancia para la ciencia.
Por ese motivo es mi deber pedirle por favor que levante el pie derecho del suelo.

El trol se agacha para mirar al pequeño profesor. Es la primera vez que alguien le habla así. Se lo piensa durante unos segundos y levanta el pie diciendo:

—Si es para el bien de la ciencia…

Al profesor Coliflor le brillan los ojos. Debajo del pie del trol aparece una flor del pato. Entonces el trol vuelve a pisarla.

—¿Pero qué hace? —grita el profesor desesperado.

—Ji, ji —responde el trol—. Me has dicho que levante el pie y ya lo he hecho.

Entonces el trol levanta y baja el pie varias veces.

—¡Muy gracioso! —grita el profesor enfurecido—. ¿¡No se da cuenta de que esta es la última flor del pato de toda la isla!?

El trol se queda quieto:

—¡Qué va! —responde, y señala hacia una montaña—: Allí hay muchas flores de esas.

—¿Cómo dice? —pregunta el profesor desconcertado.

—A montones —dice el trol—. Lo que pasa es que no va nadie porque a la entrada del camino hay una planta carnívora.

—¿Qué aspecto tiene esa planta? —pregunta intrigado el profesor.

—No sé, verde, con hojas puntiagudas y espinas.

—Ajá, seguro que es una *Apetita gigantea*, de la familia de las Carnivoráceas —dice el profesor Coliflor—. Todo controlado. ¡Niños, seguidme!

El profesor se pone en marcha rumbo a la montaña. Los niños le siguen. El trol se queda mirando cómo desfila el pequeño grupo y murmura:

—Pues yo también voy.

Apetita gigantea

La montaña es tan grande que para rodearla se necesitaría un día entero. A ambos lados se alzan unos acantilados muy escarpados.

—Es una meseta —murmura el profesor Coliflor.

Solo hay un camino que lleva a lo alto. Es bastante estrecho y justo en su entrada hay una planta enorme. Tiene tres tallos en forma de serpientes y llenos de espinas que acaban en hojas puntiagudas similares a la boca de un animal.

El profesor Coliflor dice:

—En efecto, una *Apetita gigantea*. Pero es la más grande que he visto en mi vida.

—Yo no me acercaría mucho a esa planta —añade el trol.

En ese instante uno de los tallos se levanta y abre la boca. El profesor y los niños retroceden asustados.

—Profesor Coliflor —dice Coco—. Los dragones voladores podemos ir volando hasta las flores del pato.

—Claro que sí, Coco. Pero yo, como científico, tengo que examinar personalmente las flores del pato. Y además no puedo dejar que vayáis solos. ¿Quién sabe qué peligros nos acechan allí arriba?

—Entonces ¿por qué ha dicho antes que estaba todo controlado? —pregunta Matilde.

El profesor Coliflor responde sonriente:

—Si le damos a *Apetita gigantea* su comida favorita, nos dejará pasar.

—¿Y cuál es su comida favorita? —pregunta Coco.

—El bocadillo de queso.

—¿El bocadillo de queso? —repiten los niños.

—¡Eso no es justo! —protesta Óscar—. Solo me queda uno y a mí me hace más falta que a la hipopótama gigantesca o como se llame.

Los demás le miran sin decir nada. Óscar baja los ojos, coge su bocadillo de queso y se acerca a la planta.

—No creo que con ese bocadillito de queso tenga suficiente —dice el trol.

Y así es. En cuanto Óscar está lo suficientemente cerca, uno de los tallos sale disparado, le arrebata el bocadillo y se lo traga. Las otras bocas se acercan a Óscar siseando, pero Coco sale volando y les echa una llamarada. De sus bocas sale un potente chorro de agua que apaga la llama y además tira de espaldas a Coco.

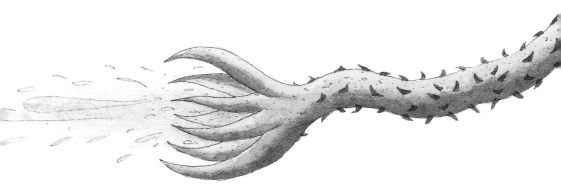

Óscar logra escapar y ponerse a
salvo. Coco se ha quedado en el suelo,
atónito y empapado.

—Vaya, vaya —dice el profesor
Coliflor—. Esta planta tiene unas
propiedades sorprendentes.

—Profesor Coliflor —dice Coco—.
¿La *Apetita gigantea* también come
dragones?

—Me temo que es omnívora
—responde el profesor.

—Omni… ¿Eso qué es? —pregunta
Óscar.

—Omnívora significa que come de todo.

Coco tiene una idea. Llama a los demás y, en corro, les explica su plan.

—Ji, ji —ríe Óscar—. Buen plan, sí señor.

—Estoy de acuerdo —asiente Matilde.

—S-Sí, yo también… ¡glups! —dice Bárbara.

—Yo ta-también —tartamudea Pancho.

El trol se cruza de brazos y dice:

—Me parece una idea genial. Yo no me lo pierdo.

El profesor Coliflor mueve la cabeza dudando y murmura:

—No sé, no sé.

—Por favor, profesor —dice Coco—. Bárbara, Pancho y yo podemos hacerlo. Y además usted siempre dice que es tan importante la experimentación como el estudio.

El profesor reflexiona unos segundos; finalmente, dice:

—Está bien, pero tened mucho cuidado.

Coco, Bárbara y Pancho toman carrerilla, despliegan sus alas y revolotean por encima de la planta. Cada vez que uno de los tallos se dirige hacia ellos, lo esquivan volando rápidamente en otra dirección. Igual de rápidas los persiguen las tres bocas, pero no logran atraparlos. Para huir de una de las bocas, Coco da una voltereta en el aire, y el tallo que le persigue sigue su misma trayectoria formando una especie de lazo. Por ese lazo cruzan Bárbara desde la derecha y Pancho desde la izquierda, perseguidos por las otras dos bocas. A continuación los tres dragones vuelan hacia arriba, cambian de dirección y dan otra voltereta, de manera que los tallos de las bocas que les siguen se van anudando cada vez más.

La planta continúa con la persecución desesperadamente. Los tres dragones vuelan los unos hacia los otros, y cuando parece que están a punto de chocar, Coco grita:

—¡Ahora!

Entonces se dan media vuelta, y las bocas, sin

tiempo para reaccionar, se dan un auténtico morrazo y caen desplomadas en el suelo entre gemidos.

Los tres dragones aterrizan casi sin aliento al lado de sus amigos, y contemplan la planta, que yace en el suelo sin sentido.

Es el trol el que rompe el silencio:

—¡Bravo! ¡La habéis dejado fuera de combate!

—¡Excelente! —exclama el profesor Coliflor—. Si llevara sombrero, me lo quitaría ante vuestra hazaña.

También Matilde y Óscar felicitan a los tres dragones voladores. Luego todo el grupo pasa por delante de la planta y se mete en el camino que lleva hasta la cima. El trol se lo piensa un momento antes de seguirlos.

Las flores del pato

En lo alto de la meseta les espera un prado verde y amplio. ¡Ahí crecen miles y miles de flores del pato! El profesor abre los brazos.

—¡No me lo puedo creer! Antes toda la Isla del Dragón era así. Hasta donde alcanza la vista no hay más que flores del pato. ¡Niños, traedme el libro!

El profesor coge su lupa y examina detenidamente un grupo de flores del pato y anota sus observaciones en el libro.

Mientras tanto, los niños miran al trol, que está algo alejado recogiendo flores.

—Profesor Coliflor —dice Coco—, ¿no cree que el trol debería constar también en el libro?

El profesor levanta la vista y observa al trol con el ceño fruncido.

—Mmm, se trata de un ser poco común, ciertamente, pero sin duda es un ser vivo. Sí, también lo inscribiremos en el libro.

—Voy a por él —dice Coco corriendo hacia el trol.

Al cabo de un rato están todos sentados en corro. El profesor Coliflor, Coco, Matilde, Óscar, Bárbara, Pancho y el trol. Los niños le hacen preguntas al trol y el profesor escribe las respuestas en el libro.

—¿Cómo se llama usted? —pregunta Matilde.

—Mmm, me llamo Trol. Terencio Trol.

—¿Cuántos años tiene? —pregunta Bárbara.

El trol cuenta con los dedos antes de responder:

—157.

—¡Ahí va! —exclaman los niños.

—¿Cuál es su color favorito? —pregunta Pancho.

—El azul. Sobre todo me gustan los topos azules.

—¿Cuál es su comida favorita? —pregunta Óscar.

—Las setas con mantequilla y cebolla, pasadas por la sartén.

—¿Tiene hijos? —pregunta Matilde.

—Tres —responde el trol con satisfacción.

—¿Sabe hacer el pino? —pregunta Coco.

El trol se levanta, hace el pino e incluso anda unos pasos con las manos. Los niños aplauden entusiasmados.

—También necesitamos saber su altura y su peso —dice el profesor.

—Soy más alto que un árbol y peso lo mismo que unos seis elefantes.

El profesor Coliflor sigue escribiendo a medida que los niños preguntan. Terencio les cuenta que los troles viven en cuevas, donde les gusta holgazanear, y que por la noche, antes de acostarse, cuentan historias.

El profesor Coliflor cierra el libro y planta una flor del pato, con su raíz, en una pequeña maceta. Después lo recogen todo y emprenden el camino de vuelta. Cuando están cerca de la Apetita gigantea, andan más despacio. La planta todavía está intentando deshacer los nudos de sus tallos, de manera que los dragones y el trol pueden pasar por su lado sin peligro. Antes de despedirse, el trol les indica otro camino para llegar al Bosque del Acantilado. Es un poco más largo, pero se ahorran tener que cruzar el puente.

Unos días más tarde, cuando los niños ya están en sus casas, Elsa está leyendo el trabajo que ha escrito Coco sobre la excursión.
Al terminar, mueve la cabeza y dice:

—Coco, tenías que redactar un trabajo, no escribir una historia fantástica.

—¡Pero si todo lo que he escrito es verdad! —protesta Coco.

—Uy, claro que sí —dice Elsa—. Primero habláis con unos fantasmas sin cabeza. Luego lleváis volando al profesor Coliflor y lo tiráis a un estanque. Después aparece un trol y, como colofón, una planta carnívora gigante. Lo que has escrito no es un trabajo escolar, sino una aventura.

—Ya —responde Coco—. Fue exactamente eso: una excursión a la aventura.

Elsa suspira:

—Manuel, ¿tú qué dices?

—Hombre, lo del fantasma y su cabeza volando por los aires lo encuentro un poco exagerado. Pero por lo demás…

Coco se cruza de brazos.

—¿Pues sabéis que os digo? Que nunca os contaré nada más. Y ahora me voy, que si no llegaré tarde.

Mete el trabajo en la bolsa y se va corriendo a la escuela.

—Bueno —dice Elsa—, a lo mejor le ponen
buena nota por tener tanta imaginación.

Al día siguiente, un par de cuevas más allá de
donde vive Coco, también el profesor Coliflor
mueve la cabeza al leer el trabajo de Coco.
¡Vaya con los fantasmas! Después lee el trabajo
de Matilde. ¡Exactamente la misma historia de
fantasmas! El profesor vuelve a mover la cabeza.
Pero luego empieza a preocuparse: Bárbara,
Pancho y Óscar han escrito lo mismo sobre los
fantasmas. Qué raro. Todos los niños escriben

sobre dos fantasmas. ¿Y si hay algo de verdad en toda esa historia?

Al atardecer, el profesor Coliflor se pone en marcha rumbo al Bosque del Acantilado. En la bolsa lleva un saco de dormir, un tarro lleno de pastel de gelatina de frutos rojos con salsa de vainilla y un despertador. Cuando den las doce quiere estar bien despierto.

En la Galera confiamos que hayas disfrutado tanto con este libro
como nosotros haciéndolo. Hay más aventuras
del pequeño dragón Coco esperándote.

Si tienes un rato y quieres contarnos las cosas que te han gustado
(y las que no), visita nuestra web, www.editorial-lagalera.com,
y déjanos un mensaje en info@grec.com.
Recuerda pedir permiso o ayuda a un adulto.

Tu opinión nos importa mucho,
porque hacemos nuestros libros para ti.

TÍTULOS DE LA COLECCIÓN

Y EL ESPECIAL GIGANTE:

El pequeño dragón Coco da la vuelta al mundo

¡Y NO TE PIERDAS LOS LIBROS DE JUEGOS!

El pequeño dragón Coco y el castillo encantado
El pequeño dragón Coco en la jungla
El pequeño dragón Coco y los indios
El pequeño dragón Coco y los piratas